Sylvain Trudel

Le monde de Félix

Illustrations
de Suzane Langlois

la courte échelle
Les éditions de la courte échelle inc.

Les éditions de la courte échelle inc.
5243, boul. Saint-Laurent
Montréal (Québec) H2T 1S4

Conception graphique:
Derome design inc.

Révision des textes:
Lise Duquette

Dépôt légal, 1er trimestre 1996
Bibliothèque nationale du Québec

Données de catalogage avant publication (Canada)

Trudel, Sylvain

Le monde de Félix

(Premier Roman; PR49)

ISBN: 2-89021-260-2

I. Langlois, Suzane   II. Titre.   III. Collection.

PS8589.R719M66 1996   jC843'.54   C95-941781-8
PS9589.R719M66 1996
PZ23.T78Mo 1996

Sylvain Trudel

Sylvain Trudel est né à Montréal en 1963. Après des études en sciences pures, il plonge littéralement dans l'écriture. C'est ainsi que naîtront trois romans et un recueil de nouvelles, ainsi que deux romans jeunesse et un conte. Sylvain est un vrai amoureux de la nature! Son passe-temps favori, c'est la marche par grand soleil ou sous la pluie. Il aime voyager pour le plaisir de se dépayser et de découvrir d'autres univers, comme ce village inuit où il a vécu pendant un an.

En 1987, Sylvain a gagné le prix Canada-Suisse et le prix Molson de l'Académie des lettres du Québec pour son roman *Le souffle de l'Harmattan*. En 1994, il a reçu le prix Edgar-L'Espérance pour son recueil de nouvelles *Les prophètes*.

Le monde de Félix est le troisième roman qu'il publie à la courte échelle.

Suzane Langlois

Née en 1954, Suzane Langlois a étudié l'illustration et le graphisme à Hambourg, en Allemagne. Depuis, elle a illustré des pochettes de disques, des romans et des manuels scolaires pour différentes maisons d'édition du Québec, du Canada, d'Europe et même de Tokyo.

Aujourd'hui, Suzane se consacre à l'illustration et à l'animation. Le reste du temps, elle peint et elle danse. De plus, ces dernières années, elle s'est découvert une passion pour l'escrime et la voile. Elle adore voyager aux quatre coins du monde: c'est pour elle une source d'inspiration inépuisable!

Le monde de Félix est le huitième livre qu'elle illustre à la courte échelle.

Du même auteur, à la courte échelle

Collection Albums

Série *Il était une fois*:
Le grand voyage de Marco et de son chien Pistache

Collection Premier Roman
Le monsieur qui se prenait pour l'hiver
Le garçon qui rêvait d'être un héros

Sylvain Trudel

Le monde de Félix

Illustrations
de Suzane Langlois

la courte échelle

1
Je ne suis pas un cadeau

Il paraît que je ne suis pas un cadeau. C'est ma mère qui le dit, surtout quand je fais crier mes deux petites soeurs.

— Félix! Arrête de leur souffler dans le nombril! Ah! tu n'es vraiment pas un cadeau!

Pour mon père, c'est différent: je suis une tache de graisse.

— Arrête de sauter sur le sofa, ma petite tache de graisse!

Lorsqu'ils sont fâchés, les parents aiment bien débaptiser leurs enfants. C'est une manière de nous punir un peu.

Mais il y a une chose que mes

parents ne savent pas: mes soeurs adorent que je leur souffle dans le nombril! Pour m'agacer, elles me lancent des boulettes de papier sur la caboche. Et elles me glissent des quolibets à l'oreille:

— Félix a un nez en saucisse... des oreilles en feuilles de chou... des yeux de grenouille...

Moi, je fais comme si de rien n'était. Je continue à lire ou à dessiner des avions. Soudain, je bondis sur mes soeurs. Un vrai lion! Je les retiens entre mes griffes, je soulève leur chandail et souf-

fle très fort dans leur nombril.

— Frrrouttt!

Ça fait un bruit d'enfer et ça les chatouille à les faire hurler. Seulement, ça énerve nos parents. Je les comprends: ils travaillent fort toute la journée. Le soir, ils aimeraient bien ne pas se faire défoncer les tympans.

— Allez jouer plus loin! Allez crier ailleurs!

Facile à dire, mais on habite au troisième étage. Au coeur de la ville. Près d'une grande artère. Et l'hiver est si froid qu'on préfère rester à la maison. L'été, par contre, c'est plus facile d'aller crier ailleurs et jouer plus loin.

D'ailleurs, l'été, mes parents m'envoient dans une colonie de vacances pour prendre congé de moi.

— Deux semaines au grand air te feront beaucoup de bien!

Ils pensent ça au mois de février. Pourtant, le jour de mon départ, en août, ils ont les yeux pleins d'eau.

— As-tu ton imperméable? Ta crème solaire? Ton chapeau? Ta brosse à dents?

— Oui, maman.

— As-tu ta lotion insecticide? Ton savon aux abricots? Ton shampooing aux pommes? Ton étui à lunettes?

— Oui, papa.

On s'embrasse, et puis c'est l'heure. Le moteur vrombit. Les moniteurs et les monitrices s'agitent:

— En voiture! Allons! En voiture!

Alors, je monte dans l'autobus

jaune avec mes camarades de la colonie. C'est chaque fois un arrachement. Je regarde ma mère et mon père par la vitre, dans la buée de mon souffle. Et j'ai peur, soudain, de ne plus jamais les revoir.

— Amuse-toi bien! Sois sage! Sois prudent!

Même si je ne suis pas un cadeau, je pense qu'ils ne veulent pas me perdre. Mes soeurs sont accrochées aux jambes de mes parents. Elles m'envoient leur petite main. On dirait des étoiles de mer et j'ai le coeur gros.

— Salut, Anne! Salut, Julie! Nourrissez bien ma tortue Zoé!

Quand l'autobus jaune m'emporte, je sais que nous allons nous ennuyer les uns des autres. Mes soeurs n'ont pas d'autre

frère pour leur souffler dans le nombril. Je n'ai pas d'autres soeurs pour me dire que j'ai un nez en saucisse.

Et puis, loin de mes parents, je ne suis la tache de graisse de personne. C'est si triste!

Cette année, en plus, je ne sais

pas ce que j'ai. Je me sens plus vieux que d'habitude. J'ai peut-être grandi sans m'en apercevoir. Je commence à me poser de drôles de questions...

Y a-t-il un mur au fond du ciel? Mon cerf-volant bleu est-il encore bleu dans le noir? Si mon âme existe, porte-t-elle des lunettes? Les morts voient-ils ce qu'on fait dans notre chambre? Est-ce qu'on arrête de vieillir quand on retient son souffle?

Un soir, j'ai posé toutes ces questions à Chantal, une gentille monitrice de la colonie.

— Je n'en sais rien, Félix, je ne suis pas philosophe!

Chantal n'est peut-être pas philosophe, mais elle est la championne des guimauves grillées sur les braises.

2
Les immortelles

Cet été, à la colonie de vacances, on a observé longuement les étoiles. L'un des moniteurs, Jean, est fou d'astronomie. On a vu les anneaux de Saturne dans son télescope! Un soir, Jean nous a parlé de la vie des étoiles:

— Les étoiles sont toutes nées, un jour, comme vous!

— Ah! oui!? s'exclama une fille, étonnée. Je ne savais pas que les étoiles pouvaient naître par césarienne...

Tout le monde a ri, mais ce n'était pas une blague.

— Les étoiles ne sortent pas

d'un ventre, précisa Jean. Elles n'ont ni mère ni père! Elles naissent toutes seules, en s'enflammant. Pouf!

Ce soir-là, dans mon lit, j'ai songé aux étoiles, à ces millions de petits feux dans le ciel.

Tout étourdi, j'ai pensé: «Des millions de mondes tournoient dans l'espace. Il y a peut-être des millions de terres comme la nôtre...»

Je me suis alors demandé pourquoi j'étais né. Si, dans le ventre de ma mère, j'avais aidé une vieille dame à traverser la rue, je me dirais: «Oui, je mérite de vivre. C'est ma récompense.»

Mais je n'ai rien fait pour venir au monde. Je me suis enflammé comme une étoile. Pouf! Quel mystère!

Les yeux ouverts dans le noir, j'imaginais des millions de mères dans le ciel. Des millions de pères. Des millions de frères et de soeurs. Ensuite, j'ai songé à la mort des mondes. La mort de mes parents, de mes soeurs, de mes grands-parents...

Je me suis mis à pleurer. Mathieu, mon compagnon de chambre, s'est réveillé.

— Tu pleures?

— Non, non. Rendors-toi.

— Mais si, tu pleures. Qu'est-ce que tu as, Félix?

J'avais un peu honte de pleurer.

— Je pense à la mort de tous mes proches...

Il y a eu un long silence. Puis, Mathieu m'a confié un secret:

— Moi aussi, je réfléchis souvent à ces choses-là...

Quoi? Je n'en croyais pas mes oreilles! Je n'étais pas le seul à avoir de la peine! Ça m'a fait du bien de le savoir.

— Pourquoi est-on venus au monde, Mathieu?

— Je pense qu'on est venus au monde pour tout protéger.

Ce n'était pas bête. Mathieu avait raison: chaque personne a son monde. Mathieu a le sien. J'ai le mien. Tous les gens qui marchent dans la rue ont leur monde.

Ma mère, mon père, mes soeurs, mes grands-parents, mes amis... «Ils sont mon monde à moi. Je dois en prendre soin.»

Le lendemain, on a fait un herbier. On a cueilli des liserons, du trèfle, des chardons, des pissen-lits.

Au bord d'un chemin, j'ai ramassé de jolies fleurs blanches. Sophie, la monitrice qui aime la botanique, m'a appris leur nom. Des immortelles!

— Qu'est-ce que c'est? demanda Mathieu, en apercevant les bouquets suspendus au plafond, la tête en bas.

— Je fais sécher des fleurs!

La semaine suivante, l'auto-bus jaune nous ramenait en

ville. Une petite foule nous attendait devant l'école.

«Maman, papa, revoici votre tache de graisse!»

Je rapportais un sac rempli d'immortelles pour ceux que j'aime. Pour une fois, je serais un cadeau!

Ce soir-là, au creux de mon lit, je me suis demandé: «Si j'avais eu le choix, est-ce que j'aurais vécu ou non?»

Si j'avais eu le choix, eh

bien! je serais quand même né! Et de la même façon! J'aurais les mêmes lunettes et les mêmes oreilles décollées, parce que ce n'est pas grave. Oui, je serais né quand même, j'en suis sûr.

Si j'avais le choix, je ne changerais pas de famille. Je garderais mes parents et mes grands-parents.

Et je garderais mes soeurs. Elles continueraient de débouler souvent les escaliers. Les pauvres, elles se relèvent toujours en pleurant, avec des bleus partout. Mais après, elles sont fières d'avoir des prunes pour tout le monde.

— Une prune pour papa, une pour maman, une pour Félix...

Je me suis endormi en comptant les prunes.

3
La joue la plus heureuse

Ma mère n'en revenait pas.

— Toutes ces belles fleurs pour moi!

— Oui, maman. Ce sont des immortelles. J'en ai pour papa, pour Anne et Julie, pour tout le monde...

Je n'ai avoué à personne que j'avais songé à leur mort. C'était mon grand secret. Leur offrir des immortelles était une manière de leur dire que je tenais à eux.

— Ça va vous protéger. Il paraît que les Indiens cheyennes mangeaient des immortelles pour devenir plus forts...

Ma mère trouvait que ce séjour à la colonie de vacances m'avait changé. Elle a murmuré à sa copine, au téléphone:

— Je ne sais pas ce qu'il a tout à coup... Il est devenu si affectueux! Il est peut-être malade...

Je m'occupais sans cesse de mes soeurs. Je répétais à mes parents de bien attacher leur ceinture de sécurité en auto.

Je passais l'aspirateur, je lavais les planchers, je faisais

mon lit... Et tout ça avec le sourire! Je prenais soin de mon monde.

Le soir, mes amis sont venus. J'étais tellement content que j'ai presque déboulé l'escalier.

L'oeil brillant, mon ami Yan m'a glissé à l'oreille:

— Les filles sont là... On va jouer à la cachette barbecue...

J'ai failli m'étouffer.

— À la cachette barbecue! Oh là là! Est-ce que Lucie est là?

— Bien sûr.

Oh là là! Mon coeur battait comme un fou. Lucie était là... Et moi, Lucie, je l'aime infiniment.

Mais j'avais peur, parce qu'il y a toujours un problème avec l'amour: un garçon n'est jamais sûr d'être l'amour de la fille qu'il aime.

Tiens, moi, par exemple, j'aime Lucie. Pourtant, quand on joue à la cachette, je découvre toujours Lison, Ève ou Karine. Jamais Lucie, celle que je cherche vraiment.

Oh! bien sûr, je les embrasse, les autres filles. Elles sont mes copines. Et c'est le règlement du jeu: à la cachette barbecue, le garçon doit absolument embrasser la fille qu'il découvre.

Je ne sais pas pourquoi, mais Yan trouve toujours Lucie. Je me demande si elle ne le fait pas exprès. J'en ai donc parlé à Yan.

— Yan, tu découvres Lucie trop souvent.

— C'est parce que je la cherche vraiment très bien.

— Dis-tu ça pour rire de mes grosses lunettes?

— Mais non, Félix. Je ne ris jamais de toi! Tu es mon ami! Qu'est-ce qui t'arrive? Tu es tout vert...

Je pense que j'étais un peu jaloux.

— Si tu étais vraiment mon ami, tu me laisserais découvrir Lucie au moins une fois.

— Ah oui? Et pourquoi?

— Eh bien... parce que... parce que... parce que...

— Tu es amoureux d'elle!

— Non! Je n'aime pas Lucie! Je n'aime personne!

— Félix aime Lucie! Félix aime Lucie! Félix aime Lucie!

J'avais trop parlé, et on m'a taquiné. J'étais rouge comme

une tomate. Un peu plus tard,
Yan m'a chuchoté:

— Regarde derrière les vieux
pneus... On voit une couette dé-
passer. C'est Lucie. Vas-y!
— Oh non! j'ai trop peur...
— De quoi? Elle ne va pas te
manger.
— Non... mais... elle va peut-

être crier. Les filles font ça quand elles ne veulent pas être embrassées...

— Lucie ne criera pas! Elle n'aura pas peur.

— Tu dis ça pour rire de mes oreilles décollées?

— Félix! Je ne ris pas de toi!

Avant d'aller découvrir Lucie, j'ai couru chez moi. Je suis redescendu avec un bouquet d'immortelles. Tout le monde riait! Moi, j'étais plus sérieux que le pape.

J'ai avancé lentement vers les vieux pneus où se dressait la couette de cheveux. Je tenais mon bouquet bien fort.

— Je t'ai trouvée, Lucie. Tu peux sortir de ta cachette...

Lucie s'est relevée. Horreur! Ce n'était pas Lucie, mais Yan.

Le sacripant!

— Oh oui! mon chéri! criait-il. Viens me donner un bisou...

J'ai failli le gifler, mais... Lucie est apparue derrière lui! Elle a accepté mes fleurs et m'a embrassé sur la joue. J'ai cru fondre!

J'ai la joue la plus heureuse du monde! Je ne la laverai plus jamais!

4
Hortense et Wilfrid, ou une volée de chardonnerets

Le samedi avant la rentrée, ma mère nous a réveillés tôt.

— Debout! On s'en va voir vos grands-parents.

Hourra! On a toujours adoré nos grands-parents. Ils sont si drôles.

On est si bien chez eux. Et leurs poches sont des puits qui descendent dans des mines de bonbons.

On a d'abord visité grand-mère Hortense et grand-père Wilfrid. Ils nous attendaient sur le perron.

— Entrez, mes choux! Entrez!

J'ai offert un bouquet de fleurs séchées à ma grand-mère.

— Oh! s'exclama-t-elle, des immortelles!

J'en suis resté bouche bée! Je ne savais pas que ma grand-mère était une savante botaniste.

C'est peut-être vrai que les grands-parents ont tout fait, tout vu et tout entendu.

Grand-mère Hortense sent bon le camphre. Elle met des boules à mites dans tous les tiroirs et des jujubes dans tous les plats.

Notre grand-père Wilfrid, lui, il additionne des chiffres et fait des calculs compliqués. C'est un comptable agréable.

— Comptable agréé, répète-t-il sans cesse. A-GRÉ-É...

Je le sais. Mais j'aime mieux

«comptable agréable», ça ressemble plus à mon grand-père Wilfrid.

Il a une bosse sur le crâne. On la sent bien au toucher. On dirait un oeuf dur.

— C'est la bosse des mathématiques, explique-t-il en riant. Et toi, mon petit Félix, as-tu la bosse de quelque chose?

C'est sa façon de me demander ce que j'aimerais faire plus tard.

J'ai tâté mon crâne lisse:

— Non, je ne suis pas encore bosselé, je suis trop jeune!

Soudain, ma soeur Anne m'a envoyé un yo-yo sur la caboche. Bing!

— Aïe! tu es folle!

C'était un accident.

Ça m'a tout de même fait mal. On m'a frotté avec du vinaigre, mais un oeuf m'a poussé sur le coco.

— Ce n'est pas une bosse, précisa mon grand-père, c'est une prune. Peut-être la prune des mathématiques?

— La meilleure de toutes les prunes! ajouta ma grand-mère. Nous en ferons de la confiture...

Mes grands-parents faisaient des blagues et j'ai ri.

Plus tard, on a regardé de vieilles photos.

— Ici, me voilà à la patinoire de notre village.

— C'est vraiment toi, grand-maman?

Mes sœurs et moi, nous n'en

croyions pas nos yeux. Grand-mère Hortense jeune fille! Elle était toute menue et elle avait le visage lisse comme de la soie. Elle portait un drôle de bonnet et des patins munis d'une lame en spirale.

— Ici, le jeune homme barbu avec un pic, c'est moi.

— Quoi? Impossible, grand-papa!

Mais c'était bien lui, autre-fois, quand il avait des cheveux et des muscles.

Sur la photo, il construisait un grand pont de fer au-dessus d'un canyon, pour les trains! Incroyable!

— Ici, c'est le jour de nos fiançailles...

Mes grands-parents ressem-blaient à des petits anges!

— Eh oui... soupira grand-mère Hortense. Les années ont filé comme une volée de chardonnerets...

Je me suis dit: «Mon monde vieillit, mon monde vieillit...»

J'avais bien fait de cueillir tant d'immortelles.

5
Benoîte et Hector, ou la prunelle des yeux

Le lendemain, on a visité nos autres grands-parents, Benoîte et Hector. Ils vivent à la campagne, parmi les fleurs, dans une vieille maison avec une cheminée pleine d'hirondelles.

— Quoi? Parlez plus fort, répète toujours grand-père Hector. Je suis sourd comme un pot!

Il se met un drôle de cornet dans l'oreille pour écouter nos jacasseries. C'est un vieil homme sans cheveux, qui a la tête remplie de bourdonnements.

Mes soeurs et moi, on a remarqué une chose: grand-père

Hector est surtout sourd quand grand-mère le réprimande!

— Ah! toi, tu as encore mangé tout le sucre à la crème!

— Hein? Quoi? Non, je n'ai pas donné de suçon à la chèvre.

Ce dimanche-là, quand j'ai offert les fleurs à ma grand-mère Benoîte, elle s'est écriée:

— Mon Dieu! Des immortelles! Pauvre Félix, as-tu peur qu'il nous arrive malheur?

Quoi! Grand-mère Benoîte connaissait elle aussi le nom de mes fleurs! Décidément, les grands-parents sont de bien grands savants! J'ai baissé les yeux.

— N... n... non... je n'ai pas p... peur...

Les grands-parents n'ont qu'un seul grand défaut: ils meurent souvent. Beaucoup de mes amis m'en ont parlé. Mais je ne pouvais tout de même pas le dire à ma grand-mère! Ça l'aurait sûrement insultée d'apprendre qu'elle avait un grand défaut...

— Ne t'en fais pas, mon petit Félix, me rassura-t-elle. Nous prenons nos pilules pour le coeur et notre sirop contre la toux. Il ne peut rien nous arriver!

Grand-mère Benoîte a mis les fleurs dans un vase et m'a embrassé. J'ai alors entendu mon nom retentir. Mon grand-père avait besoin de moi dehors.

— Félix! Viens m'aider à clouer cette satanée pancarte!

Grand-père Hector élève des vers de terre dans son hangar. Il a des barils remplis de terre noire, et ça grouille en sapristi là-dedans!

— Grand-papa, on jurerait des spaghettis vivants!

J'ai porté le marteau et les clous jusqu'à la route. Puis, mon grand-père a grimpé sur un escabeau pour clouer sa pancarte à un arbre:

Vers à vendre
pour la joie des arc-en-ciel

— Ça veut dire que mes vers sont le mets préféré des truites arc-en-ciel!

Ensuite, on est allés voir la carcasse d'un vieux camion qui rouille dans l'herbe. Une colonie d'abeilles vit dans le radiateur!

Mon grand-père s'est enroulé dans de la moustiquaire pour aller recueillir le miel.

Tout le monde est venu voir ça. On a ri comme des fous!

— Hector! Reviens! criait ma

grand-mère. Tu vas te faire manger tout rond!

— Hein? Quoi? Non, je ne vais pas changer les boulons...

Mon grand-père avait décidé d'être sourd encore une fois. Penché sous le capot, dans les nuées d'abeilles, il récoltait le miel à la petite cuillère. Plus tard, je l'ai aidé à clouer une autre pancarte au bord du chemin.

À vendre
Miel de camion

— À table, tout le monde!

Notre grand-mère nous avait préparé un délicieux ragoût de pattes de cochon. On a mangé à la chandelle. On a parlé, on a ri, c'était génial. Après le repas, on ne voulait plus s'en aller.

— On veut dormir ici! On veut dormir dans la grange!

— Mais non. Demain, c'est la rentrée...

Aïe! La rentrée! Je l'avais presque oubliée...

— Ah! soupira notre grand-père, vous êtes bien chanceux! Moi, je donnerais la prunelle de mes yeux pour aller à l'école...

Il paraît que notre grand-père n'a qu'une troisième année. Le pauvre, il ne sait presque pas lire les boîtes de céréales.

La dernière image que j'ai en tête, c'est la vieille maison sous les étoiles. Nos grands-parents nous envoient la main. Derrière eux, sur le buffet, il y a mes immortelles dans un vase en forme de tulipe.

C'est une très belle image.

6
L'espoir du monde

L'année scolaire a débuté aujourd'hui. Notre maîtresse s'appelle madame Papillon, comme les papillons.

Elle a des taches de rousseur sur le nez et elle est bien gentille. Elle nous appelle «les amis». Je crois que je vais aimer mon année.

Lucie est dans ma classe. Je la regarde souvent. Quand elle se retourne, je deviens tout blême. Je songe sans cesse à son baiser sur ma joue et je fonds comme du beurre.

Ce matin, dans le gymnase,

monsieur le directeur a déclaré:

— Les enfants, vous êtes l'espoir du monde.

On est devenus sérieux à cause de l'importance de la chose. L'espoir du monde! Ouf! C'est comme un piano sur nos épaules. Mais on va essayer d'être à la hauteur.

J'avais apporté un bouquet d'immortelles pour madame Papillon. Elle était enchantée.

— Oh! quelle délicate attention! Comment t'appelles-tu?

— Félix, madame.

— Les amis, nous allons remercier Félix pour ses fleurs.

— Merci, Félix!

J'aurais voulu dire que l'espoir du monde ne devait jamais mourir. Eh! j'étais vert de gêne, comme un céleri! J'ai laissé mes fleurs parler à ma place.

Ensuite, on a discuté de ce qu'on voulait faire dans la vie. Antoine a dit:

— Plus tard, je travaillerai dans des mines de crayons.

On a ri! Le pauvre Antoine croyait vraiment que les mineurs descendaient dans des mines de crayons!

— Ce n'est pas drôle, gronda madame Papillon. C'est joli, des mines de crayons.

Elle a bien raison, madame Papillon, car elle sait tout.

— Moi, dit Benoît, je serai égyptologue. J'étudierai les momies, les pyramides, les pharaons. L'Égypte au complet!

— Moi, dit Laurence, je serai volcanologue. Je descendrai dans les cratères de volcans avec des

appareils compliqués. Je pren-
drai la température de la terre.

Lucie, elle, aimerait devenir
océanaute.

— Je descendrai au fond des
mers dans un engin fantastique.
Je découvrirai des animaux in-
connus. Et tous les secrets de
l'océan...

On a regardé Lucie avec des
yeux remplis d'admiration. Parce
que l'océan, ça nous fait rude-
ment peur.

— Moi, dit Pierrot le gour-
mand, je confectionnerai des
pommes de tire et j'en mangerai
des tonnes!

— Moi, dis-je, j'aimerais être
chic comme une soie.

Je songeais à mes parents.

Mon père travaille dans un
gratte-ciel. Il ne gratte pas le ciel,

eh non! ni la bedaine des oiseaux migrateurs! Il gratte du papier avec un crayon. C'est son métier. Mais mon père est surtout un chic type. Tout le monde le répète.

— Ah! quel chic type, ton papa! me lance toujours le voisin.

Ça me fait un petit velours sur les bras.

Le boucher du coin, lui, trouve que ma mère est une soie. Il n'a que ce joli mot aux lèvres. Parfois, quand je vais acheter la viande, le boucher me souffle à l'oreille:

— Mes salutations à ta gentille maman. Ah! quelle soie!

Il veut dire que ma mère est douce et j'en suis fier.

Je ne sais pas encore quel métier je ferai plus tard. Mais si je suis chic comme mon père et doux comme ma mère, j'aurai fait quelque chose de bon.

On est drôles, nous, les écoliers. On veut accomplir des choses merveilleuses dans la vie! J'ai hâte de vieillir un peu pour voir ce que nous ferons vraiment.

Un soir, j'ai demandé à ma mère à quoi elle rêvait, quand elle était haute comme trois crêpes.

— Moi, je désirais aller dompter des chevaux en Mongolie.

— Toi, papa, à quoi rêvais-tu quand tu n'étais pas grand?

— Moi, je voulais découvrir des comètes et des lunes.

J'ai pensé: «Anne est une co-
mète et Julie, une lune! Et moi,
je suis un petit cheval de la
Mongolie!»

7
Les astéroïdes

L'autre jour, dans un cours de sciences, madame Papillon nous a appris une chose incroyable. Le peintre Picasso et la chanteuse Édith Piaf ont chacun leur astéroïde dans le ciel!

Et le musicien Mozart a son cratère sur la planète Mercure! Et d'autres savants, des médecins, des artistes ont des cratères sur la Lune, et des montagnes sur Neptune, sur Vénus!

Tout étourdi par mes vertiges, j'ai pensé:

«Ah! j'aimerais avoir quelque chose au ciel, un astre baptisé à

mon nom! Comme Mozart et les autres...»

Mais pour mériter une telle récompense, il faut accomplir des choses extraordinaires pour l'humanité. Sauver des vies, découvrir des vaccins, inventer des yeux pour les aveugles, réaliser des chefs-d'oeuvre.

Ouf! il faudrait que je me mette à l'ouvrage dès demain!

Souvent, à l'école, quand tout le monde travaille, je lève les yeux vers mes amis. Je regarde Yan, Geneviève, Sylviane, Raphaël, Antoine, Lucie... Et je me dis:

«La vie est vraiment très mystérieuse. On ne sait rien de ce qui va nous arriver. Il y aura des miracles, c'est sûr...»

Puis, je regarde Chloé, Jean-Sébastien, Mylène, Julien... Ils travaillent tous, tels des petits moines à leur pupitre. Leurs manuels sont ouverts devant eux comme des oiseaux. On dirait que toute la Terre est dans leur caboche.

Ils griffonnent quelque chose, un mot, un chiffre. Soudain, ils font la grimace et ils effacent tout. Puis ils recommencent, patiemment. Ils refont les calculs, ils réécrivent les phrases, les yeux pleins de feu, pareils à des petites torches dans la nuit.

Ils rongent leur crayon, à la recherche des grandes réponses aux grandes questions. Quand les problèmes sont difficiles, ils ont envie de jeter leurs cahiers par la fenêtre.

Mais ils ne le font pas. Ils savent que les moineaux et les écureuils ne sauraient pas quoi faire de ces cahiers.

Alors, ils relèvent le nez un instant et prennent un peu d'air. Ensuite, ils replongent comme des petits héros tout échevelés.

Je pense: «Plus tard, l'un d'eux aura peut-être son nom dans le ciel...»

Madame Papillon promène

son regard sur ses élèves et elle
me voit.

J'ai le nez en l'air, tel un hérisson qui compte les pommes
dans un pommier.

— Félix! Encore en train de rêvasser! Allez! Le nez dans ton livre! Tout de suite!

— Oui, madame Papillon. Excusez-moi, madame Papillon...

Parfois, je regarde Lucie du coin de l'oeil.

Je me demande bien qui elle épousera. Moi? Peut-être pas... Yan? Peut-être pas... Qui peut connaître ces secrets-là?

Notre petite vie ne fait que commencer.

Nous sommes comme des chatons dans une boîte à chaussures. Il nous arrivera plein de choses, c'est certain. Il faut nous y préparer.

Bientôt, nous quitterons notre école. Nous irons vieillir ailleurs et nous ne reverrons peut-être jamais madame Papillon. Et nous nous perdrons peut-être tous de vue.

Quand j'y songe, je deviens tout bouleversé.

Heureusement, il y a toujours mon bouquet d'immortelles sur le bureau de madame Papillon. Ça me donne du courage. Je me sens plus fort, comme un Indien cheyenne.

Il faut que mon monde dure éternellement.

Un matin, madame Papillon nous a parlé d'un drôle de moineau qui s'appelait Jean L'Anselme. Ce monsieur-là a dit:

Toutes les bonnes choses ont une fin, sauf les saucisses qui en ont deux.

Il a sans doute raison, ce Jean

L'Anselme, avec ses saucisses.
Mais, en attendant, on a du pain
sur la planche.

Il y a des millions d'asté-
roïdes, dans le ciel, qui n'ont pas
encore de nom.

Table des matières

Achevé d'imprimer
sur les presses de Litho Acme Inc.